Kurt Kusenberg

Jedes dritte Streichholz

Kurt Kusenberg

JEDES
DRITTE
STREICHHOLZ

Mit Acrylstichen
von Egbert Herfurth

Officina Ludi
Großhansdorf
2014

Herr Fidelis Valentin hatte die ganze Welt bereist, und da er fand, es verlohne sich, über seine Fahrten zu berichten, setzte er sich hin und schrieb ein Buch. Das Buch erschien, doch war ihm kein großer Erfolg beschieden. Jene Wenigen, die es kauften, lasen es gar nicht erst, sondern schenkten es weiter, und die Beschenkten waren auch nicht neugieriger. Schon argwöhnte Herr Valentin, sein Werk finde geringen Widerhall, da lief ein Schreiben aus Übersee bei ihm ein. Er erbrach die gewichtigen Siegel und las mit Erstaunen einen Brief, der die Unterschrift des Präsidenten von San Trajano aufwies und bitter Klage führte.

Herr Valentin, hieß es, habe in seinem Buche die Republik San Trajano aufs tiefste verletzt. Er rede davon, daß in diesem Staate die Beamten bestechlich, die Politiker verderbt und die Streichhölzer so schlecht seien, daß nur jedes dritte wirklich brenne. Über die Bemerkungen, welche Herr Valentin den Beamten und Politikern

gewidmet habe, wolle man wegsehen; dagegen sei man nicht gewillt, einfach hinzunehmen, was der Schreiber über die Zündhölzer von San Trajano verbreite. Denn eine eigens anberaumte Untersuchung habe erwiesen, daß nicht erst jedes dritte, sondern jedes zweite Streichholz auf Anhieb zum Entflammen gebracht werden könne. Und das sei – hier wurde der Ton des Briefes hämisch – doch wohl ein Unterschied, der Gewicht habe. Herr Valentin möge sich überlegen, wie er die bösartige Verleumdung aus der Welt schaffe, und zwar auf schnellstem Wege. Das Mindeste, was man erwarte, sei ein öffentlicher Widerruf, der in sämtlichen Zeitungen der Welt erscheine.

Wie man sieht, wäre es ein Leichtes gewesen, die Angelegenheit beizulegen. Doch das Unglück wollte es, daß Herr Valentin ein Mann von äußerst hartnäckigem Wesen war. Ob er sich in den Brief verbiß, weil diese einzige Stimme, die seinem Buche antwortete, nicht angenehm klang, oder ob er die Wahrheit gegen Schönfärberei verfechten wollte, ist schwer zu entscheiden. Jedenfalls schrieb er zurück, er denke nicht daran, sich selbst der Lüge zu zeihen, denn was in dem Buche stehe, sei gründlich beobachtet, erwogen und wahr. Durch Zufall

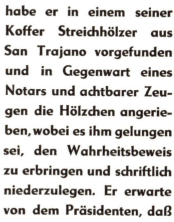

habe er in einem seiner Koffer Streichhölzer aus San Trajano vorgefunden und in Gegenwart eines Notars und achtbarer Zeugen die Hölzchen angerieben, wobei es ihm gelungen sei, den Wahrheitsbeweis zu erbringen und schriftlich niederzulegen. Er erwarte von dem Präsidenten, daß dieser sich für sein unbilliges Ansinnen, das einer Nötigung gleichkomme, in gebührender Weise entschuldige. Die Antwort des Präsidenten ließ nicht lange auf sich warten. Dieses Mal kam kein wortreicher Brief, sondern ein knappes Ultimatum, welches Herrn Valentin vor die Wahl stellte, entweder den Widerruf zu veröffentlichen oder aber die Folgen einer kriegerischen Verwicklung auf sich zu nehmen. Wie ein Mann, stand da, werde die Armee der Republik San Trajano gegen den Beleidiger zu Felde ziehen und ihn vernichten, wo immer er sich ihr entgegenstelle. Falls das Ultimatum

in dem Glauben abgefaßt worden war, der Gegner werde nachgeben, täuschten sich die Absender sehr. Ehe sie sich versahen, telegrafierte ihnen Herr Valentin, er erkläre der Republik San Trajano den Krieg.

Dahin war es nun gekommen, der Streichhölzer wegen. Bald wußte die ganze Welt von der Fehde, die zwischen San Trajano und Herrn Valentin ausgebrochen war, denn die Republik machte aus der Kriegsbereitschaft ihrer Truppen kein Hehl.

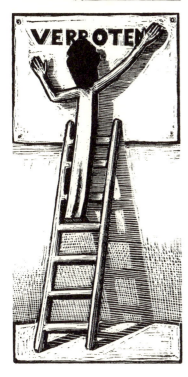

Herr Valentin hingegen tat nichts dazu, einen Angriff oder eine Verteidigung vorzubereiten. Wohl ließ er an seinem Hause ein Schild anbringen, das allen Bürgern des Staates San Trajano den Zutritt verbot, doch im übrigen lebte er, obwohl mitten im Kriege, friedlich vor sich hin. Der Leser errät, daß Herr Valentin auf die räumliche Entfernung baute, die ihn vom Feinde trennte. Und in der Tat bot diese ein großes Hindernis, denn wie sollten die Gegner zueinander kommen und wo sollte der Entscheidungskampf ausgetragen werden? Derweil die Kriegsschiffe von San Trajano unter Dampf lagen und die Landungstruppen täglich nach Zielscheiben schossen, welche die Gesichtszüge Herrn Valentins aufwiesen, verhandelten die Diplomaten der Republik mit allen möglichen Staaten, in der Hoffnung, freien Durchmarsch zu erwirken und sich — wenn auch nur leihweise — einen geeigneten Kriegsschauplatz zu sichern. Doch es zeigte sich leider, daß die angerufenen Staaten

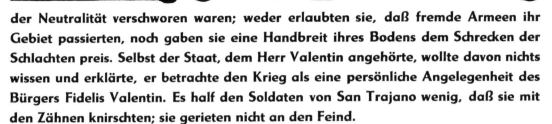

der Neutralität verschworen waren; weder erlaubten sie, daß fremde Armeen ihr Gebiet passierten, noch gaben sie eine Handbreit ihres Bodens dem Schrecken der Schlachten preis. Selbst der Staat, dem Herr Valentin angehörte, wollte davon nichts wissen und erklärte, er betrachte den Krieg als eine persönliche Angelegenheit des Bürgers Fidelis Valentin. Es half den Soldaten von San Trajano wenig, daß sie mit den Zähnen knirschten; sie gerieten nicht an den Feind.

Dabei wäre es wohl auch geblieben, wenn nicht ein sehr vermögender Mann eingegriffen hätte. Er, der ein gutes Dutzend Inseln sein Eigen nannte, ließ eines Tages wissen, das öde Eiland Pedrosa sei ein ausgezeichneter Tummelplatz für kriegerische Unternehmungen und erwarte die Streiter lieber heute als morgen. Menschen gebe es dort nicht, auf Tiere und Gewächse brauche man keine Rücksicht zu nehmen; er bedinge sich lediglich aus, daß er ungefährdet dem Verlauf des Krieges beiwohnen dürfe. Kaum war die Einladung ergangen, erhob sich in San Trajano ein einziger Jubelschrei. Unter den Klängen einer rauschenden Musik lief die Flotte aus und nahm Kurs auf Pedrosa.

Die ganze Welt blickte auf Herrn Valentin. Würde er seinen Mann stehen oder schmählich versagen? Es liefen Gerüchte um, daß er im Begriffe sei, Kämpfer anzuwerben. Zeitungsleute wollten gesehen haben, wie Herr Valentin einem kräftigen

Bauernburschen ein Handgeld auszahlte, und schlossen daraus, daß er in aller Heimlichkeit eine Armee zusammenrufe. Es war nicht einmal eine Lüge, was die Berichterstatter da meldeten, doch gingen sie in ihren Folgerungen zu weit, denn jener Bauernbursche, den Herr Valentin in seine Dienste genommen hatte, sollte lediglich während der Kriegszeit Haus und Hof versehen. Nein, Herr Valentin warb kein Heer an und kaufte auch keine Waffen, obwohl sie ihm von allen Seiten angeboten wurden. Ohne sonderliche Erregung packte er seine Koffer, telegrafierte dem Feinde, er breche nunmehr auf, um ihn zu schlagen, und bestieg die Eisenbahn. Einige Freunde gaben ihm das Geleit; sie waren die Letzten, die Nachricht über ihn zu geben vermochten, denn von nun an wußte lange Zeit hindurch niemand, wo Herr Valentin sich befand. — Wir, die wir diese Geschichte erzählen, sind selbstverständlich über die Reise unseres Helden genau unterrichtet. Aber wir werden uns

hüten, Begebnisse aufzuzählen, die mit dem Kriege nur wenig zu schaffen haben und dem Bilde des Kämpfers abträglich sind. Es sei lediglich vermerkt, daß Herr Valentin sich Zeit nahm, die Früchte am Wege zu pflücken, und es auch wohl darauf anlegte, den Feind durch die Muße, welche er ihm aufzwang, zu zermürben. Eben dieses gelang ihm vortrefflich, denn die Spannkraft der Truppen, die Wochen hindurch ein ödes Eiland abschritten und vergebens nach dem Feinde Ausschau hielten, ließ mit jedem Tage nach. Anfangs hatten die Posten — sei es aus blindem Eifer oder aus Langerweile — zuweilen Alarmschüsse abgefeuert, die das ganze Lager zu den Waffen riefen, für nichts und wieder nichts, wie sich stets herausstellte. Mit der Zeit unterblieben auch solche Störungen, und zu guter Letzt sah sich der reiche Mann, dem Pedrosa gehörte, um seine Erwartungen so arg betrogen, daß er voller Unmut die Insel verließ.

Schon war es so weit, daß die Soldaten die Reveille überschliefen, weil sie im Traume fanden, was die Wirklichkeit ihnen versagte, da näherte sich der Küste ein Schiff. Im Nu hatte das Heer seine Stellungen bezogen, mußte aber enttäuscht mit ansehen, wie nur eine kleine Jolle zu Wasser kam und eilig dem Strande zustrebte. Kaum daß das Fahrzeug auf Sand knirschte, machte es sich auch wieder davon und ließ einen Mann zurück, der dem entschwindenden Dampfer lange nachwinkte, ehe er die Uferhänge erklomm. Ein Doppelposten nahm den Ankömmling in Empfang und führte ihn vor den Kommandierenden General. Die Unterredung, welche sich zwischen den beiden Männern zutrug, halten wir für dermaßen bedeutungsvoll, daß wir sie im Wortlaut wiedergeben.

"Wer sind Sie?» fragte der General. «Und was führt Sie auf diese Insel?»

Der Angeredete lächelte. «Ich bin aus dem gleichen Grunde hier wie Sie. Es wird Ihnen sogleich einleuchten, wenn Sie erfahren, daß Fidelis Valentin vor Ihnen steht.»

Kein Donnerschlag hätte den General heftiger rühren können als Herrn Valentins schlichte Worte. Er sprang auf und starrte den Gegner an. «Sind Sie gekommen, um sich kampflos zu ergeben?»

«Im Gegenteil», erwiderte der Andere. «Ich bin gelandet, um Krieg zu führen.»

Ein hilfloser Blick des Generals streifte die Offiziere. «Und wo, darf ich fragen, befinden sich Ihre Truppen?»

«Ich habe keine», versetzte Herr Valentin frohgemut und entzündete eine Zigarette,

nicht ohne Mühe, denn erst das dritte Streichholz gab Feuer her. Der General war jedoch viel zu sehr mit seinen Gedanken beschäftigt, als daß er die Herausforderung wahrnahm. Erregt schritt er auf und ab und blieb schließlich vor dem Fremden stehen.

«Es wäre mir ein Leichtes, Sie gefangenzunehmen.»

«Daran zweifelt niemand. Ich frage mich nur, ob es Ihnen viel Ehre eintragen würde.»

«Das ist es ja!» brüllte der General und stampfte mit dem Fuß. «Sie haben mich in eine üble Lage gebracht, denn man braucht kein Heer, um einen einzelnen Zivilisten zu überwältigen.»

«Richtig», sagte Herr Valentin. «Andererseits ist ein einzelner Mann kaum imstande, ein ganzes Heer zu vernichten. Er hätte zumindest alle Hände voll zu tun.»

Der General gab keine Antwort. Er sann vor sich hin, angestrengt und lange, jedoch mit gutem Erfolg, wie sich gleich darauf zeigen sollte. Seine Stirnfalten glätteten

sich, ein Lächeln überzog sein Gesicht. «Ich habe die Lösung gefunden, Herr Valentin. Aber zuvor möchte ich Sie zum letztenmal fragen, ob Sie nicht willens sind, Ihre Verleumdung zu widerrufen.»

«Ich will einen Besen fressen, wenn ich es tue», entgegnete Herr Valentin. «Auf welche Lösung sind Sie verfallen?»

«Auf folgende: Ich trete Ihnen die Hälfte meines Heeres ab, damit wir auf redliche Weise Krieg führen können. Ein Wort von Ihnen, und die Truppen werden abkommandiert.» — «Ich bitte darum. Mein Standort ist dort drüben.»

Mit diesen Worten schritt Herr Valentin davon und verschwand zwischen den Klippen. Seine Soldaten eilten ihm nach, von Herzen froh darüber, daß die träge Muße endlich ein Ende finden sollte. Kurz darauf ließ Herr Valentin halten, befahl die Offiziere zu sich und beförderte sie samt und sonders in den nächsthöheren Rang. Nachdem er sie solchermaßen für sich eingenommen, entwickelte er einen Schlachtplan, der beifällig aufgenommen wurde.

Ein Trüpplein stieß vor, schwärmte aus und erweckte, eifrig schießend, den Eindruck, man setze zu einem Angriff in breiter Front an. Wie zu erwarten stand, verfiel der Gegner sogleich auf den Plan, Herrn Valentins Kriegsmacht von der Flanke zu fassen. Doch der geballte Stoß traf ins Leere — schlimmer noch: der Feind geriet in eine Schlucht mit steilen Hängen, die im Nu abgeriegelt wurde. Von der Höhe richteten sich tausend Gewehrläufe auf die eingekesselte Schar.

Herr Valentin trat an den Steilhang. «Ergeben Sie sich!» rief er hinunter. «Oder ich befehle Feuer!»

«Niemals!» gab der General zurück. «Verrichten Sie Ihr trauriges Werk!»

Herr Valentin schüttelte den Kopf. Ein Weilchen verharrte er in Gedanken, dann kletterte er, zum großen Erstaunen aller, in die Schlucht hinab und schritt auf seinen stolzen Gegner zu.

«Erinnern Sie sich, Herr General», sprach er bedächtig, «um was dieser Krieg geht?»

«Gewiß erinnere ich mich. Er geht um Streichhölzer.»

«Und wie denken Sie über den strittigen Punkt?»

«Herr Valentin, ich bin ein Sohn meines Landes!»

«Vortrefflich. Dann schlage ich Ihnen vor, daß wir die Entscheidung in die Ursache des Krieges verlegen. Ich habe hier eine Schachtel Zündhölzer aus San Trajano und

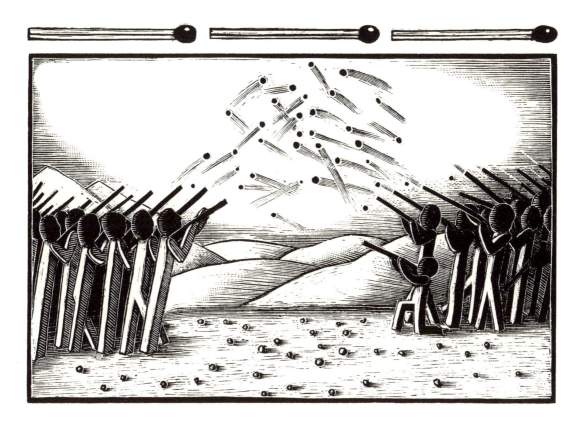

bitte Sie nun, die Hölzchen der Reihe nach zu entzünden. Brennt jedes zweite, so bin ich Ihr Gefangener, brennt nur jedes dritte, so geben Sie sich in meine Hand. Sagt Ihnen das Verfahren zu?»

«Es sagt mir nicht zu», erwiderte der General, «aber ich füge mich ihm, weil es großherzig ist.» — Das Spiel begann, und als es endete, hatte es zu Herrn Valentins Gunsten entschieden.

Schweigend schnallte der General seinen Degen ab und reichte ihn dem Sieger, der ihm jedoch die Waffe zurückgab. Ein brüderlicher Kuß machte der Feindschaft ein Ende; die beiden Heerführer faßten einander unter den Arm und gingen zum Strande.

Wie aber, wird der Leser fragen, verhielt sich die Flotte zu dem Geschehenen? Griff sie nicht ein, brachte sie Herrn Valentin nicht um seinen Sieg? Ach nein, es kam ganz anders. Des Insellebens überdrüssig und begierig, vertraute Gestade anzulaufen, unterwarfen sich die Seeleute nur allzu willig dem Fremdling. Salutschüsse erdröhnten, als er das Fallreep erklomm; auf ein Wort von ihm rasselten die Anker hoch, und es ging an die Heimfahrt. Rascher, als die Schiffe den Ozean überquerten, eilte die Kunde von dem wunderbaren Ereignis vor ihnen her und stürzte die Regierung von San Trajano in finstere Besorgnis. Die Dauer des Krieges hatte es nämlich mit sich gebracht,

daß das Volk sich fragte, ob es wirklich für eine gerechte Sache kämpfe. Immer häufiger sah man auf den Straßen Menschengruppen, die Streichhölzer anrieben und sich mit eigenen Augen davon überzeugten, daß Herr Valentin kein Verleumder sei. Immer heftiger wurden die Klagen, die sich gegen die Regierung erhoben, und das Schlimme war, daß man ihr nicht nur schlechte Zündhölzer, sondern auch bestechliche Beamte und verderbte Politiker vorwarf.

Und als eines Tages Herrn Valentins Flotte einfuhr, fegte ein einziger Kanonenschuß den Präsidenten von seinem Sitz. Es war durchaus in der Ordnung und wurde vom ganzen Volke gutgeheißen, daß Herr Valentin die Geschicke des Staates in seine Hand nahm. Acht Jahre hindurch, bis zu seinem Tode, regierte er mit großer Umsicht und sorgte, neben anderem, für musterhafte Streichhölzer. «Valentinos» nannte man die kleinen Hölzchen, die sich so mühelos entflammen ließen und den Verbraucher nie enttäuschten. So heißen sie heute noch, und wer jemals nach San Trajano kommt, tut gut daran, die Zündhölzer des Landes zu rühmen.

GELEITWORT VON BARBARA KUSENBERG

«Geschrieben 1937 und einer südamerikanischen Republik gewidmet.» Mein Vater Kurt Kusenberg hat diese Vorbemerkung zur Erstausgabe der Erzählung im Jahr 1942 in den späteren Nachkriegsausgaben ersatzlos gestrichen. Warum? Hätte man den Text ohne diesen seltsamen Zusatz, der womöglich nicht einmal von ihm selbst, sondern von einem ängstlichen Verlagslektor stammte, andernfalls vielleicht als nahe liegende Parabel auf die Hitlerdiktatur und ihre aggressive Kriegspolitik verstehen können? Oder sollte die Erzählung überhaupt keine Parabel, keine Satire sein, sondern wirklich nur ein Märchen?

Die Sprache wirkt heute tatsächlich etwas altertümlich, märchenhaft, und ungewohnt fein ziseliert. Und der Held heißt auch noch Fidelis Valentin – was für ein Name! Der Präsident der Republik San Trajano sendet ein ganzes Heer gegen einen einzelnen Mann aus, der es gewagt hat, Kritik zu äußern. Und worum geht es? Vordergründig um die Frage, ob die Streichhölzer des Landes etwas taugen, tatsächlich aber wohl darum, ob der Präsident sein Volk belügt. Ein Märchen?

Mein Vater bezeichnete sich stets als unpolitisch und «nicht engagiert», und er kokettierte auch ein wenig damit. Das ging so weit, dass er immer behauptete, seinen Erzählungen wohne kein Sinn inne. Ich glaube allerdings, er wollte sich bloß all die Fragenden und Suchenden vom Leib halten…

Er war ein ruhiger, freundlicher Mensch, der – zumindest im Kreise der Familie – auf Harmonie bedacht war. Das heißt aber nicht, dass ihm Ironie und eine Art feiner Boshaftigkeit fremd gewesen wären. Er konnte seine Meinung durchaus direkt und undiplomatisch äußern. Er war in keiner Partei, in keinem Verein, das lag ihm einfach nicht. KK sammelte altes Spielzeug und Volkskunst im «Spielzeugschrank», der mit den wundersamsten Dingen gefüllt war, die mein Bruder und ich manchmal vorsichtig heraus nehmen durften. Sicherlich war die eine oder andere Kuriosität der Ursprung so mancher Erzählung. Ansonsten liebte mein Vater keine Überraschungen, reiste höchst ungern, ging nicht gern aus, mochte nicht allzu viel Gesellschaft. Jeder Tag sollte möglichst ähnlich verlaufen. So war er jedenfalls als älterer Mann, als den ich ihn ja nur kannte – 50 Jahre lagen zwischen uns.

War der Klang seiner Erzählungen früher für mich ganz selbstverständlich, ist das heute etwas anders. Die Zeiten – und auch ich – haben sich so geändert, dass die Geschichten nun wie leise, fast vergessene Klänge aus fernen Zeiten ertönen. Sie sind zwar nicht wirklich autobiografisch, aber doch sehr mit ihm verwandt. Auch Fidelis Valentin ist ein Mann, der seinen Prinzipien treu bleibt. Es gibt etliche Geschichten, die sich mit Macht und Ohnmacht, Ordnung und Unordnung, Sinn und Unsinn des Lebens befassen. Und mit den Fragen: Wer ist man eigentlich? Gibt es unerklärliche und magische Dinge? Diese Erzählungen sind mir bis heute die liebsten.

ÜBER DEN AUTOR
UND DIESES BUCH

Kurt Kusenberg wurde am 24. Juni 1904 in Göteborg geboren. Nach dem Studium der Kunstgeschichte in München arbeitete er als Kunstkritiker und Redakteur, ab 1935 bei der Berliner Zeitschrift «Koralle». 1943 wurde er als Soldat eingezogen. Nach dem Krieg war er zunächst als freier Schriftsteller, später als Lektor im Rowohlt Verlag tätig. Er starb am 3. Oktober 1983 in Hamburg. Die Erzählung «Jedes dritte Streichholz» wurde zuerst 1942 in der Sammlung «Der blaue Traum» veröffentlicht, damals noch mit dem Zusatz: «1937 geschrieben und einer südamerikanischen Republik gewidmet». Der Text für diese illustrierte Ausgabe wurde den «Gesammelte(n) Erzählungen», Copyright (c) 1969 by Rowohlt Verlag GmbH, Reinbek bei Hamburg, entnommen, aus der halbfetten Thannhaeuser gesetzt und als Pressendruck der Officina Ludi, Großhansdorf b. Hamburg, gedruckt. Satz, Druck und Typographie: Claus Lorenzen. Bei der vorliegenden Ausgabe handelt es sich um einen Offset-Nachdruck als Sonderausgabe für den Versandbuchhändler Frölich & Kaufmann, Berlin (2014), in einer Auflage von 1500 Exemplaren. Für diesen Druck wurde das Papier Fly Cream (170g) der Papierfabrik Schleipen in Bad Dürkheim verwendet. Die Offizin Andersen Nexö in Zwenkau übernahm die Gesamtherstellung. 125 signierten Vorzugsausgaben in Halbleinen liegt ein Original-Acrylstich von Egbert Herfurth bei. ISBN 978-3-00-046162-0 www.officinaludi.de

Jedes dritte Streichholz

9783000461620.3

0